人類每天都在  幹嘛？

貓咪完全無法理解的 人間喵喵事

人類每天都 在幹嘛？

崔珍英 최진영 圖·文

張雅眉·譯

前　言

本書集結了種種輕鬆的玩笑和塗鴉。
希望每當你在緊繃的日常中翻開本書時，都能夠轉換心情。

＊另外，很感謝編輯給予我勇氣，
鼓勵了總在書籍出版邊緣徘徊不定的我。

目次　　　　　　　　　前言　5

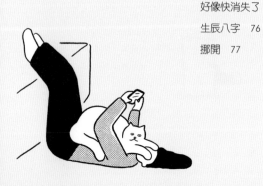

第2章　**重點是我本來就很可愛**

第3章　就算是可愛的瑣事，累積起來也很沉重

第 1 章 · 隨波逐流是人類的慣力

為什麼喵？

總之，聽聽看人類怎麼說吧！

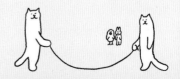

該說隨波逐流就是
人類的魅力嗎？

來玩吧～

簡直一塌糊塗……

貓咪的步伐不自覺地加快了。

命中註定的T恤

只剩這一件了……
它是在等我嗎？

好耶！
終於賣出去了！

這是我命定的T恤
好開心喔！

你以為的命中註定，

可能只是自己的錯覺。

各自的速度

朝向目標奮力奔跑的人。

用自己的速度穩定行走的人。

大家都很努力在前進，如果待在原地，
就會有一種站在跑步機上往後退的感覺。

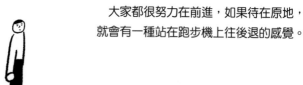

即使如此……
好像還是有些風景要慢慢走才看得到的。

在社區附近散步時，

每個人的步伐好像都差不多，

大家什麼時候全都跑到又酷又新的地方了？

在心裡行光合作用

原來受潮的心
也要行光合作用

年紀越大越明白季節的變化和太陽的出現有多麼重要。

在天氣陰暗或者日照較短的日子開始新的一天時，

會有種「今天的預感不好」的感覺。

如果能在陽光明媚的日子盡情曝曬，

把陽光都儲存下來，那該有多好？

去做就能做好

〈拖延的技巧〉
聽說將「去做就能做好」和
「做不到是因為沒去做」放在一起，
就能封印所有的潛力。

自我複製

今天也用自我複製
這樣那樣過了一天……

今天也不錯喔！

每天的日常都如同複印那般一模一樣。
當你覺得很難前進時，
就想想今天的畫質是不是比平常還要高，
感受看看些微的差異帶來的喜悅吧！

預熱

今天，說要過得像樣點的人類
整天都在滑手機。

我在預熱⋯⋯

預熱中⋯⋯

還沒預熱好⋯⋯

人類的熱效能
實在不怎麼樣

如果要像電子產品那樣，

在人身上黏貼能源效率分級標示的貼紙，

我說不定根本就沒資格貼。

沒辦法整理的人

大掃除時間

不需要的東西都要
整理乾淨。
果斷處理掉！

才下定決心要把沒用的東西全都處理掉,

結果打開閒置的箱子時,

在裡面發現一個小小的布穀鳥玩偶。

講到這隻布穀鳥……

某天走在路上時,久違地看見布穀鳥時鐘,

於是就看了那扇窗一眼,

好像變得比打掃之前
更髒了……

怎麼能丟掉……
丟不了……
我要放在更顯眼的地方。

裡面有一隻小小的布穀鳥，

牠有一雙綠色的翅膀和紅得發冷的尖喙。

我在興奮之餘，把布穀鳥從故障的時鐘上拆下來，

想著要替牠弄一個新的家，然後就這樣過了好幾年。

我顧著回想這些東西，感傷了好一會兒，

終究沒能把東西整理好。

能不能待在原地不動？

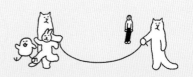

沒力氣的人的一週

沒力氣的人的一週

MON

TUE

WED

THU

在週末盡情奔放的靈魂

一到週一就要安靜歸位，

這幾乎是不可能的事。

FRI

SAT

SUN

EVERYDAY

好不容易安撫哄好後坐了下來，

週五的氣氛又默默攪亂內心。

什麼時候才能輕鬆地迎接週一呢？

動彈不得

如果美好的東西太多，
讓你不停東張西望

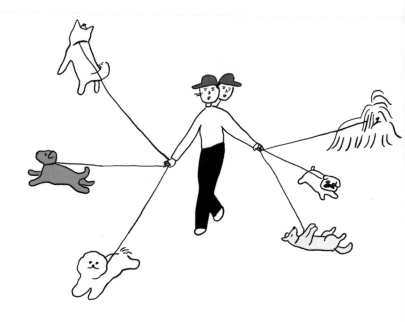

喜歡的東西越來越模糊，

而隱約有些喜歡和討厭的東西則變得具體又明確。

也許正因為如此，才很難清楚說明喜歡的東西，

最後就會動彈不得，這就是人生

而對於討厭的東西，卻能滔滔不絕地談論。

應該要鬆手放掉討厭的東西，

更細膩地關注喜歡的東西才對。

人生就像飯捲

如果在死前只能吃一種食物，

我會毫不猶豫地選擇飯捲。

或許是因為小時候只有在郊遊之類的特別日子

才能吃到飯捲，所以它就像是完美的食物。

即使現在已經長大成人，

我還是覺得飯捲是一種很和諧的食物，

因為能在它的斷面看見陰陽五行。

如果人生也可以只放入自己喜歡的人和事，

再全部捲在一起，該有多好？

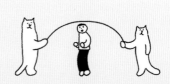

聽
不
了
稱
讚
的
人

喔！
好帥喔！

我被稱讚了！ 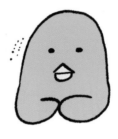 該怎麼回答……

不是啦！
這只是一團廢物。

你怎麼了？

放心接受別人
對你的稱讚吧！

你今天也
好可愛。

當然啦！

對膽小的人來說，

稱讚是在聽到的時候會害羞到發抖，

往後卻會想一再拿出來觀看的勇氣。

灰塵般的人類

哪有人抖動身體時，灰塵不掉落的？

不過我身上的灰塵確實特別多。

像灰塵一樣的人生……！

一想到成名之後被人指責的狀況，我就渾身顫抖。

雖然每個人身上都能抖落灰塵，

但我現在穿的衣服已經沾染灰塵。

果然最好還是別變得太有名

而被迫抖落灰塵。

搶救感性 1

又在多愁善感了……

人際關係到底是什麼？
人生又是什麼？

與其想那些，
還不如量量身長……
理性一點。

要不要換一下
社群網站的大頭貼？

不會看臉色卻很會做事

和朋友並排坐著看電視時偷偷放了個屁，

雖然我假裝沒事，但空氣清淨機的污染警示燈卻亮了，

馬達聲音還突然大起來，變得很吵雜。

在突然的靜默中

空氣清淨機的運作聲聽起來特別大。

它雖然不會看臉色，卻很會做事。

沒有計畫就出發的方法

已經累了。

期待值

搭配期待值的確是很困難的事。

瞞著所有人
偷偷在心裡開趴ing～

經過手機行時，劣質的喇叭

正用快破掉的聲音在播放流行歌曲，

我一邊覺得很吵，一邊又搭配音樂的節奏邁步，

總覺得自尊心有點受傷。

今天的咖啡

如果想要在今天之內完工，
就需要來點咖啡，
醒醒吧！大腦！

感覺好像什麼都　　　做得到

靈感源源不斷！
咖啡因最棒了！咖啡最棒了！

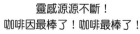

今天也借助咖啡的力量
興奮地做了別的事。

雖然大家都說工作時要定下優先順序，

但是喝下咖啡的瞬間，原本被壓抑的絕佳點子

一下子全都湧了上來，踩過優先順序率先經過。

今天該做卻沒做完的事，

就交給明天的咖啡吧！

非常多個我

讓你看看各式各樣的我～

缺點收藏家

按摩時間

OK

麻煩你幫我把僵硬
的部位都放鬆放鬆

按完了。

我的肩膀時常緊繃、僵硬。去泰國旅行時，

按摩師甚至還露出心疼的表情，跟我説：「好僵硬喔！」

雖然我心裡想説人太柔軟不也不太好嗎？

但唯獨肩膀，我希望能揉到鬆鬆軟軟的程度，

重新以理想的軟硬度誕生。

挖地的技術

我怎麼會這樣？　　怎麼會是這副模樣……

我好無能。
什麼都不會。

喵
喵

打結式擁抱

打結式擁抱

對方絕對沒辦法掙脫的打結式擁抱。

給未來的我

明天的我，
能幫個忙嗎？

我今天先玩一下，
謝謝你啦！

一週之後的我，
我相信你。

我今天晚上實在是沒心情做～
明天早點開始做就可以了吧！

…

為什麼偷懶的當下

總是比未來的愉快更讓人感到幸福呢？

過去的我弄出來的複利魔法。

明明經歷了好多次還是重蹈覆轍。

愛怎麼想就怎麼想吧！

這樣子看的時候，
你真的是一個很不錯的人。

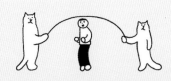

一啪！

愛怎麼想就怎麼想吧！
我走我的路！

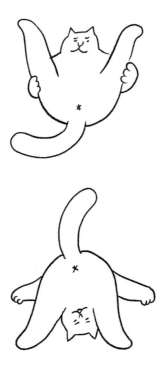

不過貓咪倒過來看
也很可愛。

人氣歌謠

有些歌雖然沒有找來聽過，
卻從很久以前就經常在哼唱。

邊唱邊做家事時，
會越唱越陶醉

希望沒有人看到。

小容器的聚會

我以為自己總有一天能成為很大的容器，
但當一個方便使用的小容器似乎也不錯。

我現在要從陶輪上下來了。

小時候我將希望寄託在「大器晚成」這個成語上。

當我一心期待自己身上有股終究要幹大事的潛力時，

在陶瓷工房拉胚的過程中體會到一些東西。

如果想做大容器，中心就會晃動，很容易歪掉。

而且在生活中小容器更好用，

我們在小容器的聚會上見面吧！

小時候媽媽總說
我是大器晚成，
其實我本來就是小容器。

我也是～
我以為自己是大容器，
結果只是個醬料碟。

我喜歡用手捏一些小容器。

而且我在每堂課上做的都是些看起來沒什麼用處，

外型很奇怪的東西。

做的東西都這樣了，還期待自己能成為大容器，

豈不是更奇怪嗎？

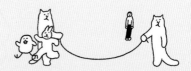

尖銳的人

大家太小看我了！請盡量幫我削得尖一點。

適當保持遲鈍也是能長久維持的方法。

你這樣以後會斷掉～

我過於陶醉而毫不留情地削薄筆尖，

還轉動筆尖仔細地研磨，

結果把筆削成了纖細的雕刻品，連做筆記時都要小心。

生活方式

我要細~~水長~~~流~~~

對編織越來越熟悉後，

我開始覺得一步步鉤織而成的細長人生，

似乎也很細緻且好看。

我要勤奮地轉動鉤針，織出一件好看的毛衣。

花樣真多 *

花樣真多！

有夠冤的……

為什麼總是
用來修飾負面
的東西？

對不起……

＊ 韓文種類、個數的詞彙和茄子發音相同。

每天都像是被封在框框裡，
為什麼呢？
是因為我倦怠了嗎？

NO JAM

是因為沒有果醬……

請度過有果醬和
麵包的人生。

好像快消失了

如果開始感受到冷空氣，
就會有種一整年不知不覺很快就過去的感覺。

在全都
消失之前
趕快走吧！

得再長點毛了。

在春夏的溫度冷卻之前，勤勞地走吧！

生辰八字

人總愛算一算不確定的未來，
但他們想聽的似乎是其他內容。

你想聽我怎麼說？

請跟我說我的八字
就是不用努力也會成功！

我再幫你
寫張符咒！

挪
開

我這麼說都是為了你好。

嗯，謝謝。

你不按照我說的去做嗎？

可以把這個挪開嗎？

搶救感性 2

？？
你又要沉浸在清晨的
感性裡了。

唉……
　　　過了午夜後
感觸特別多……

走開！
你這個黑鯛＊！

振作精神吧！

＊ 韓文黑鯛的發音同於「感性的人」。

酒和自我反省

喔喔～本來還以為怎麼了，

特別的嚴肅。

結果不知從哪時候開始，一直在講重複的話。

冰淇淋式紓壓法

我要用熱水淋浴，直到自己全都溶化。

不知不覺就到這裡

你為什麼來這裡面試？

不知不覺就流到這裡來了～

這樣回答會被刷掉嗎……

反正我很高興能一路流到這裡與您見面～

現在給大家看看我包包裡有什麼。

原來有鉛筆、餐巾紙、發票、銅板⋯⋯

呵呵……

順便也看看我腦袋裡有什麼吧？

貓咪！

還有想躺平的念頭。

就這樣。

第 2 章・重點是我本來就很可愛

魅
力

眉毛有沒有對稱並不重要，
重點是我本來就很可愛。

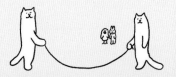

所謂的魅力不就是被某種強烈的自我主張給吸引嗎？

就算那是蠟筆小新的眉毛，

只要很有自信，還是會被說服。

被關在社群媒體旋轉門裡的人

如果飛得起來

哇！
好有趣。

喔～
口袋變
輕了耶！

很久以前算命的時候，算命師跟我說：

「你四十歲以後會賺很多錢，

多到錢包都裝不下。」

不管相不相信，我心情都很好。（這一定要是真的）

當時覺得四十歲還很遠，所以暫時忘了這件事，

喔喔！
身體飄起來了～

幾年之後，我玩遊戲玩到口袋滿滿，

錢都裝不下了。

我為了清空口袋而把錢拿出來放在地上，

來來回回跑了好幾趟，過程中突然想到算命的內容。

糟了，運勢可不能用在這裡。

放輕鬆點

徘徊於緊張和放鬆兩個極端，
人類沒有中間值。

量身打造的服務

為了每天用眼過度的人
量身打造的服務

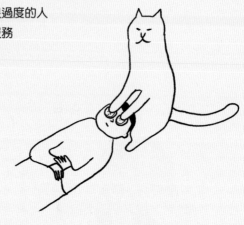

為了多多使用其他的感官
來刺激一下嗅覺！

RELAX...

- -

完美的平衡感

只要一動也不動，人生就能達到完美的平衡。

最近我沒什麼羨慕的人。

不過，看到舒服地趴著的貓咪或小狗時，

偶爾還是會覺得羨慕。希望我下輩子能當隻貓咪，

出生在溫柔的主人家。

酪梨不會等人

酪梨不會等人。
時間也是一樣。

受潮的想法

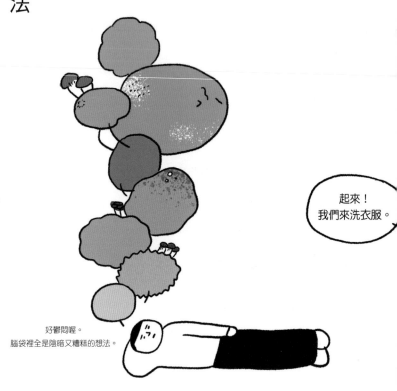

好鬱悶喔。
腦袋裡全是陰暗又糟糕的想法。

起來！
我們來洗衣服。

在梅雨季曬毛巾時，

我被毛巾還沒乾透的味道嚇了一跳。

如果用這條毛巾擦身體，我就會變成人形濕毛巾了。

如果用顏色來分析這種味道，

應該可以說是沒有經過陽光殺菌的低彩度的味道。

我希望自己是能感受到陽光的軟綿綿的人。

種星星的人

4.0 ☆☆☆☆（397）

文具冥想法

思緒太多的時候，我會拿出一張紙和一支筆。
然後，

從紙張的正中間開始任意畫短斜線。
直到思緒消失不見……

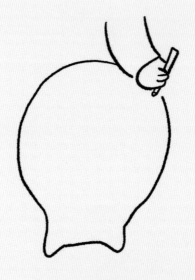

內心稍為平靜下來了吧？
那麼就接著用這個圖形
把那一團斜線圍起來！

喔耶！

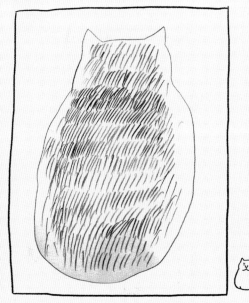

蜷縮的

打結、截斷

上班路上的手扶梯

我上班的公司離住家大約有一個半小時的路程。

地鐵轉乘的時候，經常遇到手扶梯故障，

所以當我在上班人潮的推擠中，咯噔咯噔爬上階梯時，

覺得與其像這樣半被動地被推著走，

還不如像搖滾音樂節時那樣大聲叫人把我抬上去。

試探
*

就叫你不要戳了。

＊戳這個動作在韓文中有「試探」的意思。

毫無意義的約定

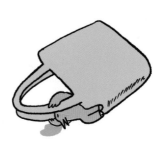

我正熱衷於極簡主義的時候，每次買東西

都想著這是最後一次，但我終究明白了一個事實，

那就是隨便都能找到必須再多買一些的理由。

不懂就是藥

(110)

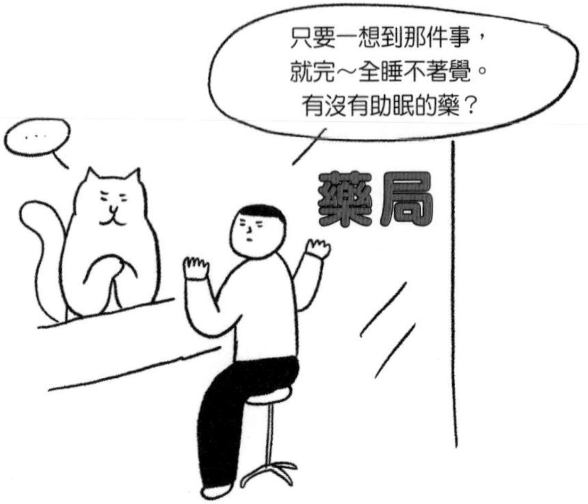

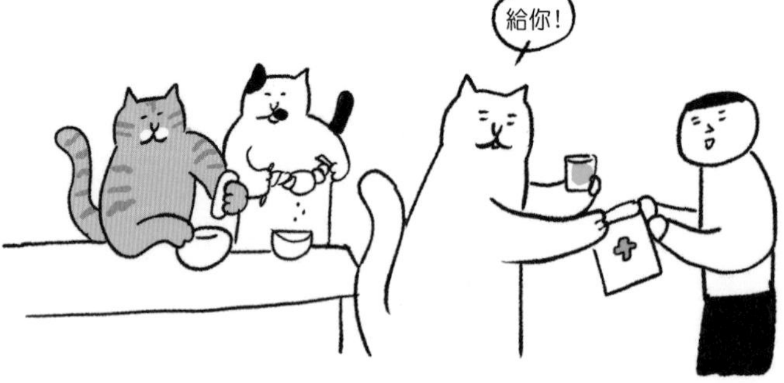

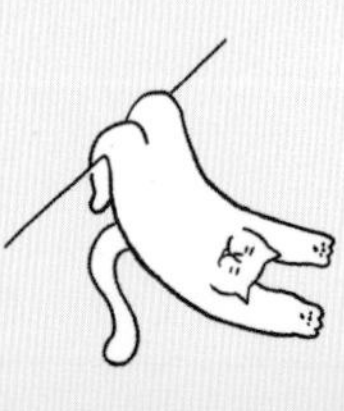

別人的故事為什麼會聽得那麼投入？

因為那就是我自己的故事。

日常中關於核心的講座

成為優秀濾泡咖啡的關鍵就在於核心！

如果想開花，比起營養劑，關鍵更在於重心。

雖然重心不穩的是身體，
但正在搖晃的其實是你的內心～

穩住重心是一件

抽象的事。

躺在不舒服的地上沉思

當待辦事項累積成堆時，

我會先把它們蓋起來。

然後躺在上面，

沉浸在感性中。

> 世界這麼美好，
> 我卻要工作，這像話嗎！

雖然待辦事項和煩惱還堆在心中的某個角落，

但我正用一種驚歎的心情在織東西。

吃手指甲的老鼠

傳統童話故事中提到，如果隨地修剪手指甲，

老鼠就會把指甲撿起來吃，假扮成那個人的模樣。

我小時候聽到時覺得很害怕。

我想要的是別的。

吱 吱

但現在長大成人後，就覺得那樣也很不錯。

牠們最好把我的指甲撿去吃，代替我工作。

各種理財方法都有，好像還沒有手指甲理財法？

血液中大蒜濃度

要再吃多少大蒜
才能成為一人份的人類？

據說韓國人如果沒有維持血液中的大蒜濃度，
就無法發揮一個完整的人的作用。

睡眠守護者

只是不做而已

雖然今天就這麼睡了，
但我明天一定會把事情做完。
我一定會做完。

也不一定
要今天
做完……

一旦我下定決心，
很快就做完了～
我只是不做而已。

之所以反覆強調「我只要做就能做得很好，

只是不做而已」，是為了在某一天打開箱子時，

不至於對即將看到的低能力值感到失望。

洋蔥般的人

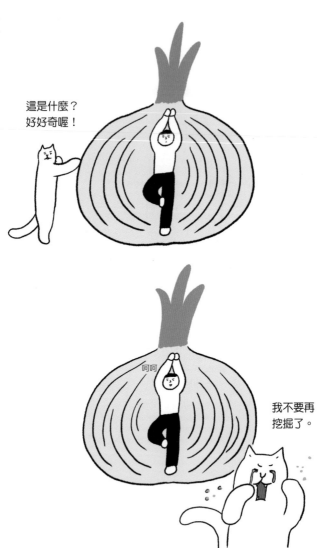

「剝都剝不完。」

我希望自己能從正向的角度詮釋這句話。

不過，我也希望在我剝掉一層層外皮時，

能有人一直關注著我。

被雜念纏身的人

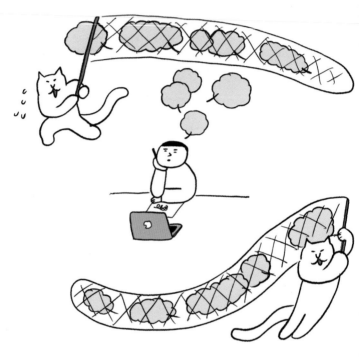

人總是在想些有的沒的。

都不曉得我有多麼努力……

我決定把那些在我強迫身體坐下來工作時

冒出來的雜念，稱作「腦力激盪」。

怎麼會這樣？

殺了我吧或是救救我吧

殺了我吧

或是

救救我吧

每天反反覆覆的

賦予意義

這麼做
有什麼意義？

很容易皺

別再看了⋯⋯

光是看就
會變皺。

皺巴巴

好好休息的方法

喔耶！放假了～
要怎麼做大家才會覺得我休息得很好？

我要度過
最棒的休假。

人忘了怎麼單純地休息。

到現在還是無法接受週末和平日一樣
都只有二十四小時。

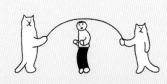

躺平的人
1

散發香氣的人

最近，懶惰贏過了想看起來很帥氣的欲望。

我開始想為那些努力散發香氣的人鼓掌了。

老鼠洞

在老鼠洞裡會比較好嗎？

不斷在證明

要證明到什麼時候？
真的沒有盡頭。

是我的錯覺嗎？

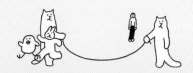

果然是我的錯覺⋯⋯

真心的茶包

又不是出
自真心的。

替人按讚的標準沒有那麼嚴格。

太過真情實意地按讚，反而有可能造成負擔。

鑼

你想要哀哀叫的時候
就敲這個鑼吧！*

…OK!

* 韓文的「哀哀叫」和「鑼」同音。

聽聽我的話吧！

鏘鏘鏘鏘鏘鏘

如果每次想哀哀叫的時候都敲鑼，

我應該要直接加入四物打擊樂。*

---

* 由韓國的四種傳統樂器——鼓、長鼓、大鑼和小鑼——組成的打擊樂隊。

盡力

我想畫畫，
但是我沒有筆，
也沒有錢，
我什麼都沒有……

名畫家是不會抱怨環境的。
在現有的條件下盡力去做吧！

我做不到
……

控制衝動的方法

在擦拭易碎的玻璃容器時，
心裡會有兩種不同的情緒。

我洗的時候
要小心。

用力握緊應該會碎吧？
要不要全都弄碎呢？

當我一邊想像
一邊洗完杯子時，

貓咪闖禍了。

貓咪總是隨心所欲地行動，
不會後悔……

毫不保留給予的蘋果

大家把甜的部分都吃掉了。

下次也準備好你的那份吧！人類。
當然，貓咪的那一份也要準備好。

華麗的小菜

我打開電視，想邊吃飯邊看。

關掉電視。

再次打開電視。

沒有衣服可穿

沒有一件可以穿的。

那些不是衣服
是什麼？

這是一輩子只穿一件衣服的貓咪無法理解的。

隨波逐流

我想要隨波逐流，悠悠哉哉地過生活。

結果變得好辛苦～

聽說有人放任自己隨波逐流，結果船竟然駛進山裡了。

接連不斷的想法

第3章・就算是可愛的瑣事，還是會耗損日常心理

我辭職後決心要去尋找自我，不知不覺已經過了四年。

日子過得馬馬虎虎的。我不但沒有自我反省，

甚至還成了自由工作者。

我一時忘了我的身體和心靈本來就喜歡各玩各的。

今天也拿著小得荒謬的杯子，

去將我以前灑在前院的水一點一點裝起來。

人類每天都在幹嘛

冬天的人類

只要鑽入冬天穿著厚衣服的人群中，

就能毫不費力地移動。

冬天通勤路上

滿滿都是人、鴨絨和貉絨的熱氣。

頭之所以是圓的

身心都想
獲得自由～

貓咪之所以坐在高處

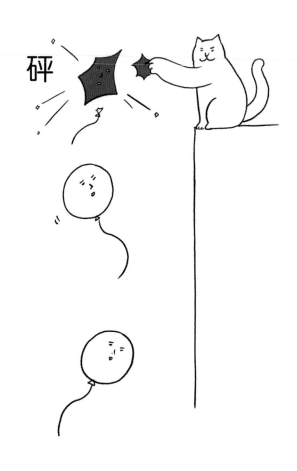

一時走
神了。

飛走了。

在洗澡的時候突然想到，卻洗著洗著就消失不見的念頭，

就是好的點子。

均
衡

要在生活中保持平衡真辛苦。

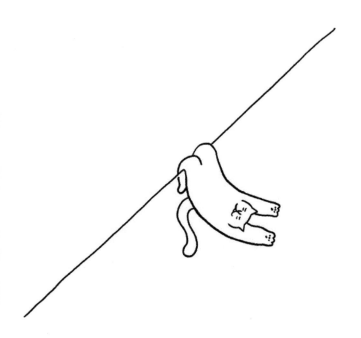

哪有直接黏在線上的！

積水友人

在積水中打轉一千圈以上的結果就是，

終於明白如果不稍微做點不一樣的嘗試，

就會一直在原地打轉。

活絡氣氛的人

在一片靜默中，這個人⋯⋯

結果成了一個的雜耍的。

在一段時間中，
用盡全力填滿對話的空白後……

今天好充實喔！
對吧？

噴噴

都怪我是個忍受不了沉默的人……

只剩一個空的軀殼。

靠
山

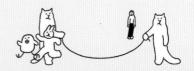

老
古
板

有一桌人聊天聲量特別大，我聽得很清楚，

他們不懂裝懂地聊了好一會兒後，說：

「哎呦，我們這樣還不算是老古板啦！」

毅力和放棄

毅力！
毅力！
用毅力堅持下去！

啊！

快逃！

「到底要做到什麼時候……」

我一邊反覆思考，一邊結束學校的課業和公司的工作。

不過，放棄了一些事情後才發現，心裡異常輕鬆耶！

暢通無阻

某天，我寄了封電子郵件給衛生紙公司。

我坐在馬桶上看著衛生紙上柔和的圖案時，

下定決心那麼做了。

我有自信配合他們的商品名稱「暢通無阻」

畫出一個內容更順暢的衛生紙圖樣，

但他們回信說：「很可惜，目前沒有這樣的計畫。」

好吧，順利的話，之後應該還會有機會。

躺平的人 2

有時候即使出門旅行，

我也會在住宿的地方睡午覺，

而不是整天在戶外走動。

重力什麼時候才會減輕？

我今天也一邊尋找適合躺平的風景，

一邊想像各種躺平的姿勢。

喵喵水月來[*]

* 原「強羌水越來」，為韓國全羅南道地區在中秋佳節會跳的傳統舞蹈。婦女會朝向月亮，手拉手圍成一圈跳舞。

喊著喊著連自己也能騙過去，所以我偶爾會喊：

Fighting！

眼前的利益

不要被眼前的利益誘惑
而看不清未來的事。

我曾經在二手拍賣網上被騙。（哭）

在最懶散的週五下午四點，我突然看見一個商品，

那是比定價還便宜三十萬韓幣以上的全新iPad。

我急著匯款過去後，心裡湧上一股不安，

我打開算命app查看今天的運勢，結果只有五十分。

上面還寫著「最好不要進行金錢交易」。

傳送發貨通知的賣家杳無音訊，

最後我的下場就是在週五的夜晚

進警察局做筆錄，糊裡糊塗地結束了一天。

我想回家

你懂什麼？

唉，我說這件事難道是為了

得到這種老鼠屎般的安慰嗎？

心裡不禁後悔了起來。

整理
的
魔
法

真誠

結果一整天一句話都沒說。

裝起來收好

我將傷到我的話語都裝入大小適中的容器裡鎖緊，

然後放進心裡的冰箱，
隨時拿出來反覆咀嚼。

在我聽過的話中，讓我想得最久的就是：「不要假裝善良。」

經過長時間放置並發酵後，我得出了一個結論。

那就是至少裝一下善良比較好，不是嗎？

溺愛的實驗

LOVE

HATE

我不該告訴媽媽

我的社群帳號。

LOVE

HATE

某天，當我發現那個在每篇貼文底下點「讚」的

來路不明的帳號就是我媽媽的時候，

我好想重新回到我們保持適當距離的時期。

散步用髮型

我為了轉換心情到社區附近的髮廊弄頭髮。

到最後關鍵的吹髮階段，

設計師問我「您要去哪裡？」時，

我給了一個模稜兩可的答案，

既不是回家，也不是有什麼約會。

結果設計師聽到之後，

幫我把側邊的頭髮和前面的劉海都吹得又捲又蓬。

跟我平凡的T恤相比，感覺就像是把頭另外接上去一樣。

我直接跑回家把頭洗了。

我第一次覺得髮廊和我家離得那麼遙遠。

信心與信賴

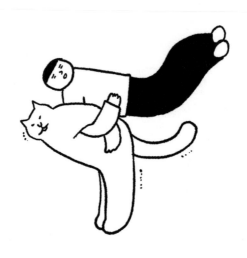

雖然是一段丟臉的過去，

但我小時候曾經參選過學生會長。

隨著年級越來越高，

比起班長，我對新設的會長職位更感興趣，

明明才剛轉學過來，認識的朋友也沒幾個，

但我還是毅然決然地參選了。開票結果只得了一票。

只有我投給自己。

我本來還很相信坐我隔壁的朋友。

學習漢字

舔西瓜皮

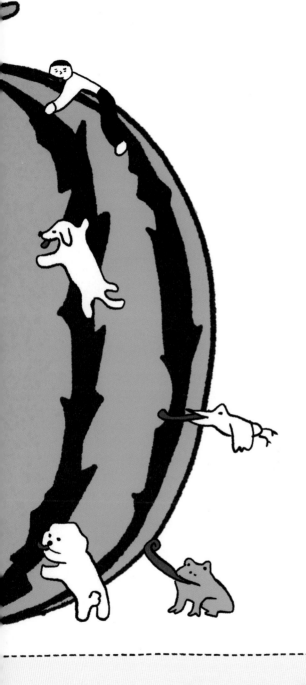

吐司食譜

這裡有一片巨無霸吐司。
怎麼吃最好吃呢？

躺在上面最棒。

失言

遺憾

作為一個成年人，面對買不了的產品時，

我選擇在遺憾加深之前，迅速結帳以鞏固關係。

剛烤好的吐司

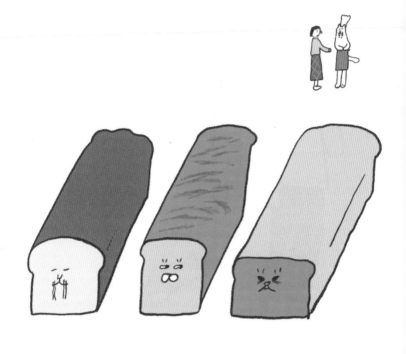

乏味的蘋果
＊

以上就是些乏味的
蘋果話。

接著……
將由趣味的橘子來
發言。

＊ 韓文的「蘋果」和「道歉」同音。

歡迎來到類比世界

打出感情

你這隻貓！　　　你這個人！

誒……
最後就這樣纏在
一起了。

人間的滋味

好平靜。
內心好平靜。

要不要看一下
現在世界是怎麼運轉的？

又進去了。

我休假到東海旅行，

充實到沒空滑手機，度過了一段沒有社群媒體的生活。

我專心欣賞風景，也不執著於拍美照。

心裡裝滿了大海。

然而，當我回到家，躺在床上打開社群媒體時，

又瞬間被召喚回現實當中。

適
量

一人份的義大利麵大概
是多少？

就跟五百元
一樣大啊！

這……麼大嗎？

這麼大……？

太多了……

這個圈子

沒有任何影響。

像花環一樣的人

我想成為像花環一樣

不管在哪裡都不會出錯,在哪裡都很適合又受歡迎的人,

但同時又覺得世上沒有別的東西比花環更華麗、更沒有存在感。

典型的味道

（226）

你的飲料好了。

謝謝！

既不是你的口味也
不是我的口味誒…

…

…

這是一杯毫無記憶點的飲料。

在水湧進來的時候划槳

洗過的衣服長在樹上

勤勞地顧好日常生活是很偉大的事情。

只要截稿日期撞在一起，要洗的碗就會開始堆積，

洗好的衣服會一直晾著那裡，每次需要時才收下來穿，

冰箱裡放置的食材會越來越乾癟。

避免這些事發生是很偉大的。

贈予的心意

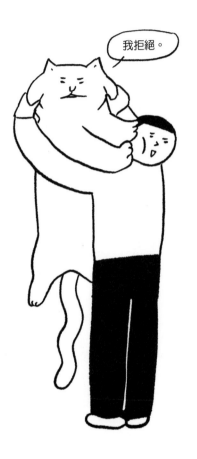

終極治療法

在現代社會中，
人類總是有某個部位搞壞或彎曲了。

別擔心，貓咪會幫你燙得很平整。

體悟

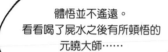

體悟並不遙遠。
看看喝了屍水之後有所頓悟的
元曉大師……

我體悟了。